EL TRAPITO FELIZ

Tony Ross

LOS ESPECIALES DE
A la orilla del viento

FONDO DE CULTURA ECONÓMICA
MÉXICO

A Lucy le daba miedo casi todo.

Las arañas en la bañera…

...las sombras oscuras y las cosas que tenía que ver

...en el televisor.

Pero un día, Lucy encontró un trapito feliz,

y entonces se sintió segura.

Su trapito feliz la cuidaba todo el tiempo,

incluso cuando dormía.

Una vez, su papá le quitó su trapito

y lo arrojó en el bote de la basura. ("Un trapo sucio", dijo.)

Pero Lucy lo recuperó.

—Es el gran oso gruñón que me cuida —dijo.

Otra vez, su mamá trató de quitarle el trapito.

—¡Necesita una lavada! —dijo.

—¡No! —replicó Lucy—.

Es el gran oso gruñón que me cuida.

Así que Lucy llevó a su gran oso gruñón al parque

donde nadie lo metería a la lavadora.

De pronto, al llegar a la esquina, escuchó un ruido espantoso.

"¡Yiiiiiiiir!", se oía. "¡Aaaaaaay!", dijo Lucy.

—¡Debe ser algo terrib[

—¡Grrrrrrrr! ¡Grrrrr[

ritó Lucy— ¡Aaaaaaay! ¡SOCORRO!

ruñó su gran oso.

Y el oso ahuyentó a un n

las garras de un gran oso gruñón,

una maravillosa alfombra voladora

Y la alfombra mágica lo s

ritó Pablo—. ¡Yiiiiiiir! ¡SOCORRO!

n mi alfombra mágica!

—¡Debe ser algo terrib[l

—¡Más vale que desaparezca.

De pronto, al llegar a la esquina, escuchó un ruido espantoso.

"¡Aaaaaaay!", se oía. "¡Yiiiiiiir!", gimió Pablo.

Cuando derrotó al dragón

Pablo fue a dar un paseo al parque.

—No es una vieja frazada pegajosa. Es una armadura

—respondió Pablo, desafiando a un dragón con su espada.

—¿No crees que ya estás grande para esa vieja frazada pegajosa?

Sólo los bebés las usan —dijo el tío Sid.

—¡No es una cosa sucia! —respondió Pablo—. Es un barco pirata.

Y navegó hacia el Sur, hacia el mar Caribe.

—No deberías llevarte esa cosa sucia a la boca.

Te hace daño y se te podría caer la nariz —dijo el abuelo.

Y salió zumbando a jugar entre las estrellas.

—No es un trapo roñoso —respondió Pablo—. Es una nave espacial.

—¡No deberías salir con ese trapo viejo y roñoso!

Hace que te veas como un tonto —dijo la horrible tía Carola.

Aunque Pablo no le temía a la oscuridad,

le temía todavía menos cuando tenía su trapito feliz.

Lo llamaba su trapito feliz.

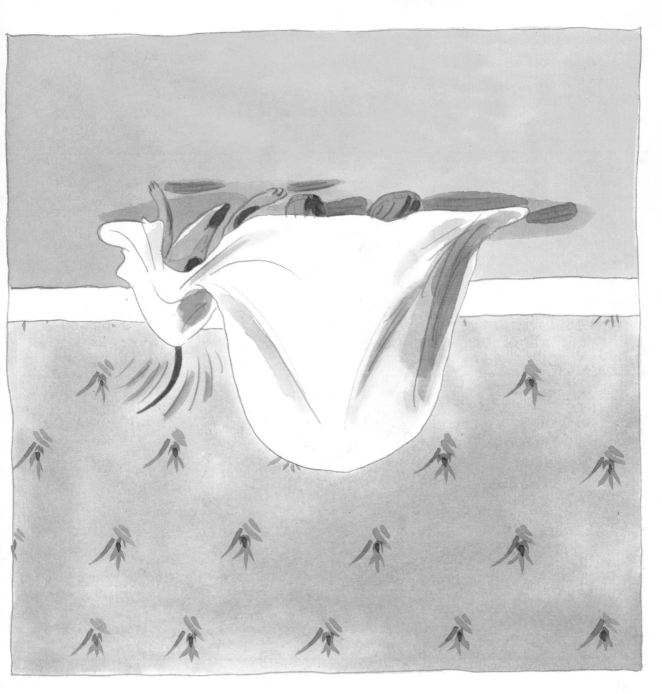

Pablo tenía un trapito que lo hacía sentir feliz.

EL TRAPITO FELIZ

Tony Ross

LOS ESPECIALES DE
A la orilla del viento
FONDO DE CULTURA ECONÓMICA
MÉXICO